A ÁGUIA SOLIDÁRIA

© Copyright 2024 / Cilene Queiroz

Produção Editorial: @oficio_das_palavras
Capa e Diagramação: @marianafazzeri

Queiroz, Cilene Alves Ferreira de.
Q3a
A águia solidária / Cilene Alves Ferreira de Queiroz.
Ilustrações Benes.
São José dos Campos (SP):
Ofício das Palavras, 2024.

84 p.: il. 16 x 21 cm
ISBN 978-65-5201-010-0
1. Ficção brasileira. 2. Literatura infantojuvenil.
3. Benes. I. Título.
CDD 028.5

Todos os direitos deste livro são reservados
e protegidos pela Lei 9.610 de 19.02.1998.
Nenhuma parte deste material poderá
ser reproduzida ou transmitida sem
autorização prévia da autora.

CILENE QUEIROZ

VALORIZE E INCENTIVE O
COMPORTAMENTO
RESPEITOSO
E SEM PRECONCEITO EM RELAÇÃO À
DIVERSIDADE E AO COMBATE ÀS
DESIGUALDADES
RACIAIS.

CAPÍTULO 1

EM UM
BURACO FEITO
PELA NATUREZA,
CHEIO DE FOLHAS SECAS
E GRAVETOS – EM UM
NINHO FOFINHO, EM CIMA
DE UM PENHASCO,
MORA SURY.

SEU OLHAR
ENXERGA LONGE,
BEM MAIS LONGE.

É UMA LINDA ÁGUIA
COM O CORPO PRETO, CABEÇA
BRANCA, AS PERNINHAS E OS
PEZINHOS BRANCOS.

AS ONDAS DO MAR
BATEM NAS PEDRAS
DO PENHASCO, MAS NUNCA
MOLHAM O NINHO, POIS SURY FOI
MUITO SÁBIA
PENSANDO NA MARÉ QUE VEM E
MARÉ QUE VAI, MARÉ QUE
VEM E MARÉ QUE VAI.

O VENTO SOPRA FORTE,
MAS ELA NÃO SE PERTURBA.
VEM UMA CHUVA PODEROSA,
O CÉU FICA ESCURO, CHEIO DE RAIOS.
OS PEZINHOS DE SURY TREMEM,
ELA SE ANINHA E FICA BEM QUENTINHA.

COCHILOU, DORMIU.
ACORDA COM UM GRITO:

SURY PROCURA
VER QUEM ESTÁ
**PEDINDO
SOCORRO.**
VÊ UM PÁSSARO PRETO.
COM RAPIDEZ, VOA, PEGA
O PÁSSARO COM AS GARRAS
**E LEVA-O PARA
A PRAIA.**

CUTUCA O PÁSSARO:

— EI, PSIU? ACORDA!

O PÁSSARO ABRE UM OLHO, ABRE O OUTRO, SE LEVANTA E TENTA VOAR. CAI, TENTA LEVANTAR VOO E CAI NOVAMENTE. NO
DESESPERO, ELE FALA:

— ESTOU TENDO UMA TONTURA! PEGUEI UMA CHUVA MUITO FORTE, QUASE MORRI AFOGADO E AGORA TEM UMA ÁGUIA FALANDO COMIGO? NÃO PODE SER!

A ÁGUIA VOA
PARA A FRENTE DELE:

— ESTÁ MELHOR?

— AIIIIIII, SOCORRO!

E TENTA VOAR,
CAI, TROPEÇA E TENTA VOAR.

SURY BATE SUAS
GRANDES E LINDAS ASAS:

— NÃO TENHA MEDO DE MIM.
NÃO VOU TE FAZER MAL. EU TAMBÉM NÃO
FALAVA, MAS AGORA FALO IGUAL A VOCÊ.

O PÁSSARO OLHA BEM NOS
OLHOS DA ÁGUIA:

— SERÁ? ESPERA UM POUCO!
NÃO SABIA QUE ÁGUIA FALAVA E QUE NÃO
COMIA PÁSSAROS. ME CHAMO BLÉQUE,
SOU UM PÁSSARO PRETO!

CAPÍTULO 3

— O QUE VOCÊ ESTAVA
FAZENDO NO MAR?

— ESTAVA FUGINDO DE UMAS
AVES, QUE SÃO BRANCAS. ELAS SÃO
BRANCAS E EU SOU PRETO. VOEI
PARA FUGIR E ME AFOGUEI.

> É IMPORTANTE SE
> **POSICIONAR**
> CONTRA ATITUDES
> RACISTAS.

— ELAS NÃO PODEM FAZER ISSO. RECONHECER A DIFERENÇA DE COR É O PRIMEIRO PASSO. A DIFERENÇA ENTRE OS ANIMAIS É LEGAL, E CADA UM PODE APROVEITAR SEUS DIREITOS IGUALMENTE. TODO ANIMAL TEM O DIREITO DE CRESCER SEM SER DISCRIMINADO. VOCÊ SABE O QUE É DISCRIMINAÇÃO?

— QUER DIZER QUE ISOLAM QUEM É DIFERENTE, COMO FAZEM COMIGO.

— ISSO MESMO. SEUS PAIS TE EDUCARAM FALANDO QUE É UM PÁSSARO PRETO?

— ELES FALAM POUCO. FICAM AMEDRONTADOS COMO EU. NÓS FICAMOS ESCONDIDOS.

— ENTÃO, PRIMEIRO, VAMOS CONVERSAR COM SEUS PAIS.

"

NINGUÉM
NASCE
RACISTA.

— TEMOS QUE EDUCAR OS ANIMAIS PARA O RESPEITO ÀS DIFERENÇAS. TEMOS QUE FALAR MAIS SOBRE AS DIFERENÇAS E MAIS, MAIS E MAIS, SEM CANSAR. VAMOS FAZER A DIFERENÇA. TOPA?

— JÁ TOPEI! O QUE PROPÕE?

— VOCÊ VAI À ESCOLA?

— ÀS VEZES.

— COMO? POR QUE ÀS VEZES?

— EU FUJO E ME ESCONDO. MINTO PARA A MINHA MÃE QUE VOU À ESCOLA E FUJO. É TÃO RUIM FICAR PERTO DAQUELES ANIMAIS, QUE NEM TENHO VONTADE DE ESTUDAR.

SURY FICA QUIETA, PENSATIVA.
PENSA QUE A COR DA PENA AINDA
FAZ MUITA DIFERENÇA E PRECISA
FAZER ALGO. E JÁ.

— HUM... NÃO É LEGAL VOCÊ
MENTIR PARA SUA MÃE. SEMPRE É
MELHOR ENFRENTAR A VERDADE!
PROMETE QUE VAI FALAR COM ELA?

— PROMETO!

— ENTÃO, VAMOS BOLAR UM JEITO DE RESOLVER O SEU PROBLEMA, QUE É O PROBLEMA DE MUITOS. O PRIMEIRO PASSO É ORIENTAR, CONVERSAR, MOSTRAR QUE TODOS SÃO IGUAIS, E ISSO TEM QUE SER FEITO PRIMEIRO COM AS FAMÍLIAS. PODEMOS ORGANIZAR REUNIÕES COM OS ANIMAIS E FALAR SOBRE O PRECONCEITO ENTRE AS RAÇAS. EM SEGUNDO LUGAR, VAMOS FAZER UNS FOLHETOS E DISTRIBUÍ-LOS NA INTERNET, NAS ESCOLAS, NAS RUAS, EM TODO LUGAR.

— EU TOPO. VAMOS LÁ!

37

E ASSIM FOI. CADA PÁSSARO PRETO SE
ENCARREGOU DE CHAMAR
OUTROS DA FAMÍLIA, CONVERSARAM
COM OS PAIS, OS TIOS E OS PRIMOS.
DEPOIS, FORAM CONVERSANDO COM OS
OUTROS ANIMAIS, UM A UM,
ATÉ QUE DEU CERTO.

E A ÁGUIA EXPLICOU:
— A PARTIR DE HOJE, POSICIONEM-SE CONTRA ATITUDES RACISTAS. DENUNCIEM O PRECONCEITO. TODOS OS ANIMAIS VÃO SER LIVRES PARA VIVER A SUA PRÓPRIA VIDA, ESTUDAR O QUE QUISEREM E TER OS AMIGOS QUE QUISEREM.

> SE O BULLYING ACONTECE EM GRUPO E NINGUÉM **FAZ NADA,** ELES SÃO OS ESPECTADORES INERTES **DA VIOLÊNCIA,** CONTRIBUINDO INDIRETAMENTE PARA A CONTINUIDADE DA AGRESSÃO.
>
> AS CONSEQUÊNCIAS DO BULLYING PODEM SER **DEVASTADORAS E IRREPARÁVEIS** PARA A VÍTIMA. O PRIMEIRO SINTOMA É O ISOLAMENTO SOCIAL.

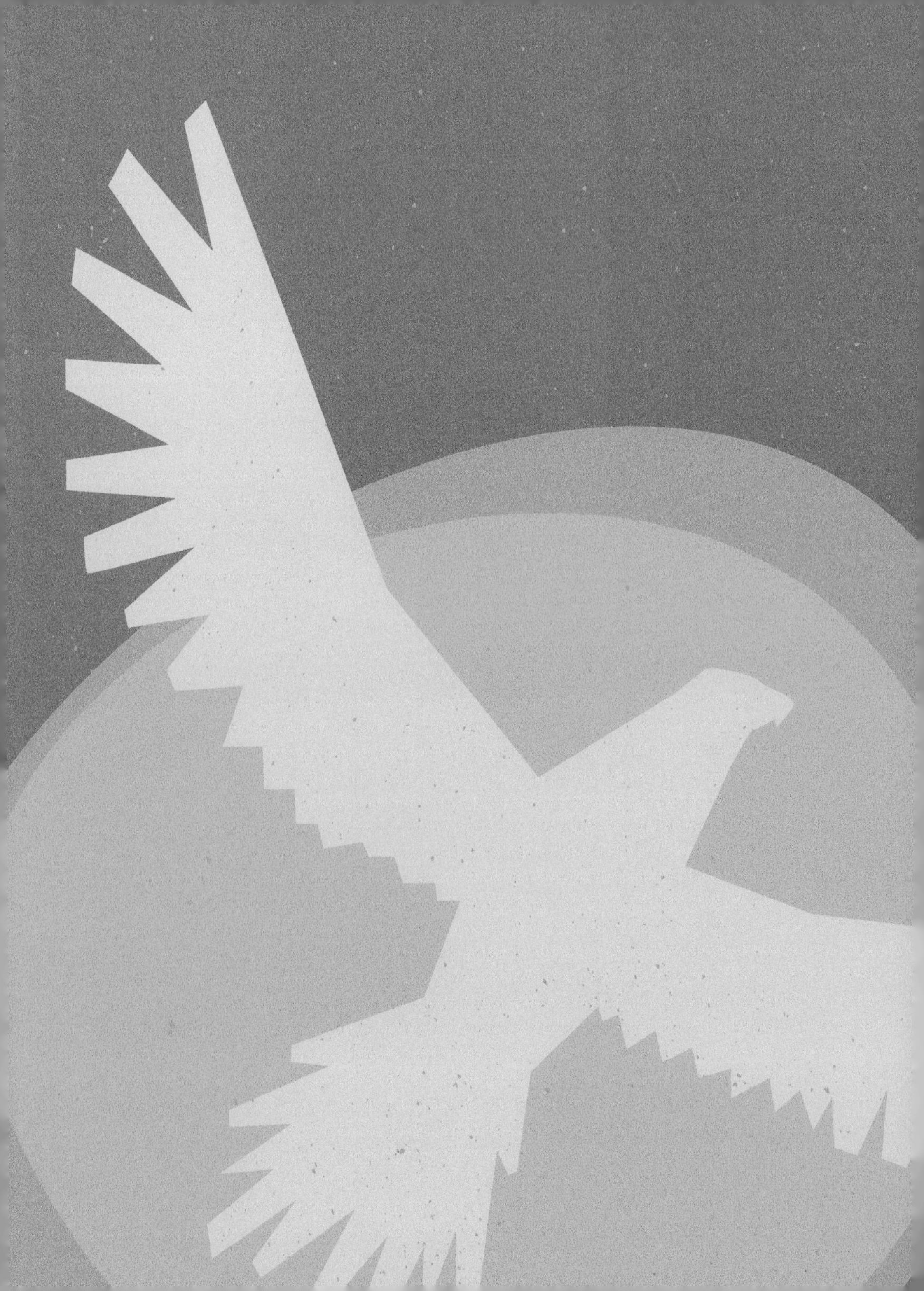

CAPÍTULO 4

44

DEPOIS DE TANTA ANDANÇA E CONVERSAÇÃO, SURY FOI PARA O SEU CAFOFO DESCANSAR.
DEU UMA COCHILADA, E SEUS **OUVIDOS AGUÇADOS,** QUE ESCUTAVAM A QUILÔMETROS E **QUILÔMETROS DE DISTÂNCIA,** OUVIRAM:

— COIN, COIN, COIN! SOCORRO, SOCORRO!

— HAHAHA! PEGA ELE!

— PEGA ELE! HAHAHA!

— COIN, COIN, COIN! SOCORRO, SOCORRO!

46

SURY VÊ
ALGUNS PORQUINHOS
CERCANDO
OUTRO PORQUINHO.

— GORDO, GORDO, GORDO!

— PEGA O GORDO!

— EI, PAREM! — DIZ SURY.

— NÃO TEMOS MEDO DE ÁGUIA.

— É ISSO AÍ. NÃO TEMOS MEDO.

— NÓS QUEREMOS UM PORQUINHO
GORDO, HAHAHAHA.

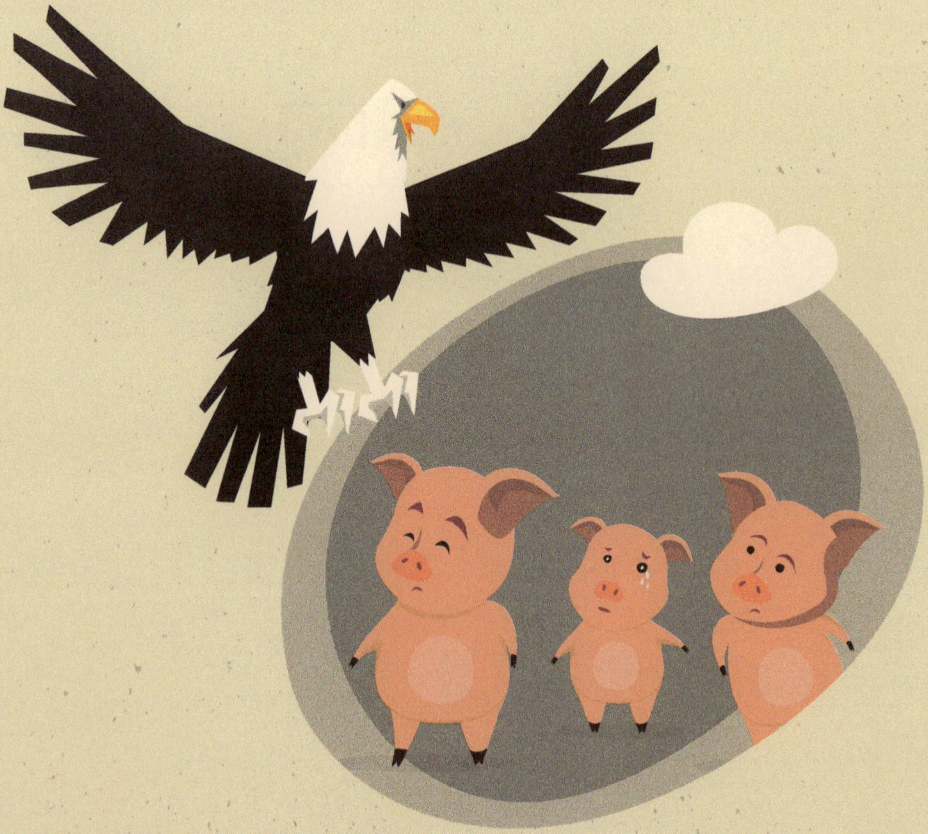

— CHEGAAAAAAAA! O QUE ESTÁ ACONTECENDO? — DIZ A ÁGUIA.

TODOS SE CALAM.

— VOCÊS NÃO VÃO FALAR?

— FALAR O QUÊ?

— EU FALO — DISSE O PORQUINHO ACUADO.

— ESTOU ESPERANDO.

— SÓ FALO SE ELES SAÍREM DAQUI.

— ESTÁ COM MEDO?
VAMOS PEGAR VOCÊ! HAHAHA.

— PAREMMMM! JÁ DISSE.
DEIXEM-NO FALAR E VOCÊS SAIAM DAQUI.

OS PORQUINHOS SAÍRAM,
DEIXANDO SURY
E O PORQUINHO ACUADO.

51

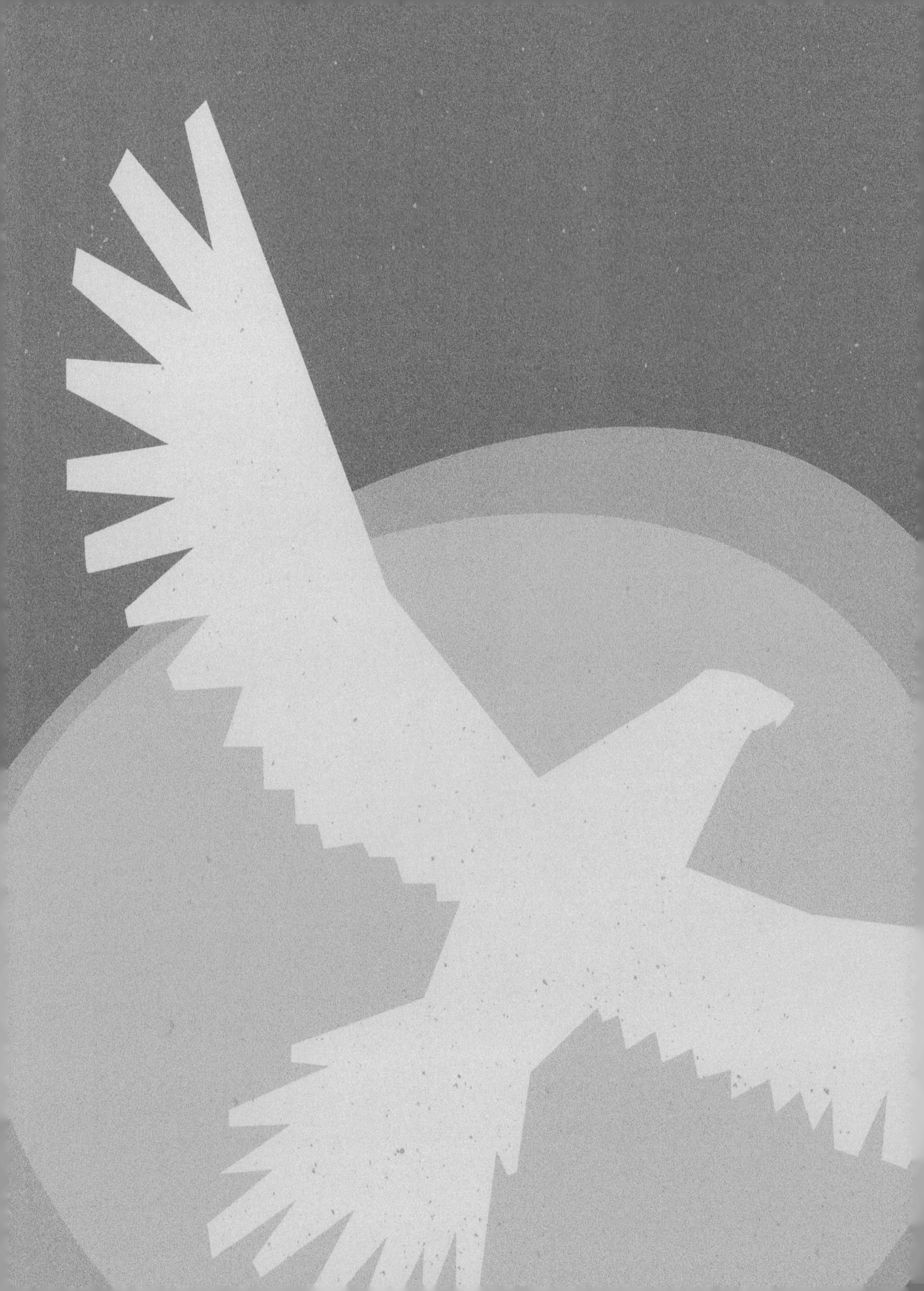

CAPÍTULO 5

— SOU SURY E VOCÊ?

— PITOCO.

— O QUE ESTÁ ACONTECENDO? POR QUE ELES ESTAVAM PRENDENDO VOCÊ?

— ELES FICAM ME ZOANDO, DANDO RISADINHAS, EMPURRÕES, ME CHAMANDO DE "BOLA", "ROLHA DE POÇO", "BALÃO". SÓ PORQUE SOU GORDO. NÃO CONSIGO FICAR SEM COMER. ELES FICAM TIRANDO SARRO, AÍ É QUE EU COMO MAIS. JÁ REPETI O ANO, JÁ ESTUDEI EM OUTRAS ESCOLAS E TUDO POR CAUSA DA GORDURA. OS COLEGAS FICAM RINDO DE MIM, EU SEI DISSO. MINHA MÃE JÁ ME LEVOU PARA FAZER TERAPIA, MAS NÃO ADIANTA, VOLTO A COMER. E CADA VEZ MAIS. ESSE TAL DE BULLYING NÃO É FÁCIL. VOU TE CONTAR UM SEGREDO, MAS NÃO CONTE PARA NINGUÉM. PROMETE?

— PROMETO.

— UMA VEZ, PENSEI EM SUMIR DO MAPA. NÃO CONTE PARA MINHA MÃE, VIU?

SURY VIU QUE
ESTAVA DIANTE DE
UM PROBLEMÃO.
DE NOVO, ESSA HISTÓRIA DE
**NÃO CONTAR
PARA A MÃE.**

— PITOCO, PRECISAMOS CONVERSAR
UM POUCO SOBRE ESSE SEU SEGREDO.

E, CALMAMENTE, FALOU
PARA O PITOCO SOBRE O QUE
JÁ TINHA FALADO
COM O BLÉQUE, SOBRE A
IMPORTÂNCIA
DE FALAR COM OS PAIS.

DEPOIS DE UMA PAUSA, PERGUNTOU:
— ONDE VOCÊ ESTUDA? ESSES
PORQUINHOS TAMBÉM ESTUDAM LÁ?

> **PROFESSOR,
> NÃO FECHE
> OS OLHOS!**

— NÓS ESTUDAMOS NO CHIQUEIRO DO SEU ANTÔNIO.

— VOCÊ JÁ CONVERSOU COM A PORCA-PROFESSORA?

— NÃO. POR QUÊ? A PORCA-PROFESSORA E A PORCA-DIRETORA NÃO SABEM DE NADA.

— VOU CONVERSAR COM ELAS. AGUARDE-ME.

59

E A SURY USOU SUA
VISÃO ULTRARRÁPIDA
PARA ACHAR ONDE ESTAVAM AS PORCAS.

FOI ATÉ LÁ E DISSE:
— NÃO TENHAM MEDO,
POIS VIM EM PAZ. SOU SURY.

AS PORQUINHAS
CORRERAM
PARA DEBAIXO DO CHIQUEIRO.

61

SURY DISSE:

— EIIII, PODEM SAIR, NÃO VOU COMÊ-LAS. SEUS ALUNOS SÃO MAIS CORAJOSOS DO QUE VOCÊS. CONVERSEI COM ELES E NINGUÉM FUGIU DE MIM. PODEM SAIR DAÍ DEBAIXO.

FORAM SAINDO DEBAIXO
DO CHIQUEIRO, UMA A UMA.

AS PORQUINHAS ERAM UMAS MAIS VELHAS, OUTRAS MAIS NOVAS, ALGUMAS MAIS GORDINHAS, OUTRAS MAIS MAGRINHAS, COM GRANNNNDES BOCAS, COM AS UNHAS PINTADAS DE ESMALTE VERMELHO, E UMA — A MAIS SALIENTE —
LOGO DISSE:

— ENTÃO, TÁ, O QUE VOCÊ QUER? JÁ QUE NÃO QUER NOSSAS GORDURINHAS, QUER ALGUMA COISA, NÃO É VERDADE? PORQUE CASO CONTRÁRIO, NÃO ESTARIA ATRÁS DE NÓS.

— ISSO MESMO. PRECISO DE AJUDA PARA UM PORQUINHO, O PITOCO.

— QUE AJUDA? ELE FICA QUIETINHO, CALADINHO, SEMPRE O ÚLTIMO DO CHIQUEIRO.

— SABIAM QUE ELE SOFRE DE BULLYING? QUE OS PORQUINHOS DO MESMO CHIQUEIRO BATEM NELE? QUE NÃO CONFIA EM NENHUM PORQUINHO? QUE SOFRE DE DEPRESSÃO? QUE ELE JÁ QUIS SE MATAR? DEVEM SABER QUE ELE É ALUNO REPETENTE E VEM DE OUTRA ESCOLA CHIQUEIRO.

TODAS AS PORCAS FICAM
ALVOROÇADAS,
ANDAM DE UM LADO PARA OUTRO,
RECRIMINANDO-SE
E PERGUNTANDO-SE:

— NÓS NUNCA FICAMOS SABENDO DISSO. TEMOS QUE FAZER ALGUMA COISA E RÁPIDO. NÃO VAMOS PERDER UM PORQUINHO GORDINHO E FOFINHO.

— EU JÁ SEI. — FALOU A PORCA-SALIENTE.

— QUE TAL UMAS DICAS?

— ISSO, ISSO — DISSERAM AS OUTRAS.

— ESTÁ BEM — DIZ SURY.

— VAMOS FICAR EM ALERTA, NÃO VAMOS DEIXAR NADA "PASSAR BATIDO". VAMOS CONVIDAR UMA PORCA-PSICÓLOGA PARA ATENDER NOSSOS PORQUINHOS; VAMOS REUNIR OS PAIS. A MISSÃO DO CHIQUEIRO ESCOLA É PREVENIR O BULLYING ANTES MESMO QUE ELE OCORRA — DIZ A PORQUINHA.

— VÃO DEIXAR O PITOCO SEM NINGUÉM? ELE PRECISA DE AJUDA AGORA, URGENTE! E OS OUTROS PORQUINHOS QUE O AGREDIRAM TAMBÉM PRECISAM DE AJUDA. TODOS PRECISAM DE AJUDA. URGENTE! — DIZ SURY.

DE CALARAM.
FICARAM PENSATIVAS.

67

A MAIS SALIENTE DIZ:

— EU ME DISPONHO A TRAZER
A PORCA-PSICÓLOGA, NÃO É, AMIGAS?

SURY GOSTA DA DECISÃO E AS PORCAS
GOSTARAM TANTO QUE RODARAM,
DANÇARAM:

— IUPIIIII! MUITO BEM! — GRITARAM AS
PORQUINHAS.

A ÁGUIA RI AO VER A
ALEGRIA DELAS,
PORQUE SABE QUE TOMARIAM AS
PROVIDÊNCIAS NECESSÁRIAS.

— SEI QUE VOCÊS VÃO
ENCAMINHAR O PITOCO.

— NÓS, AGORA, VAMOS OBSERVAR
TODOS OS PORQUINHOS.

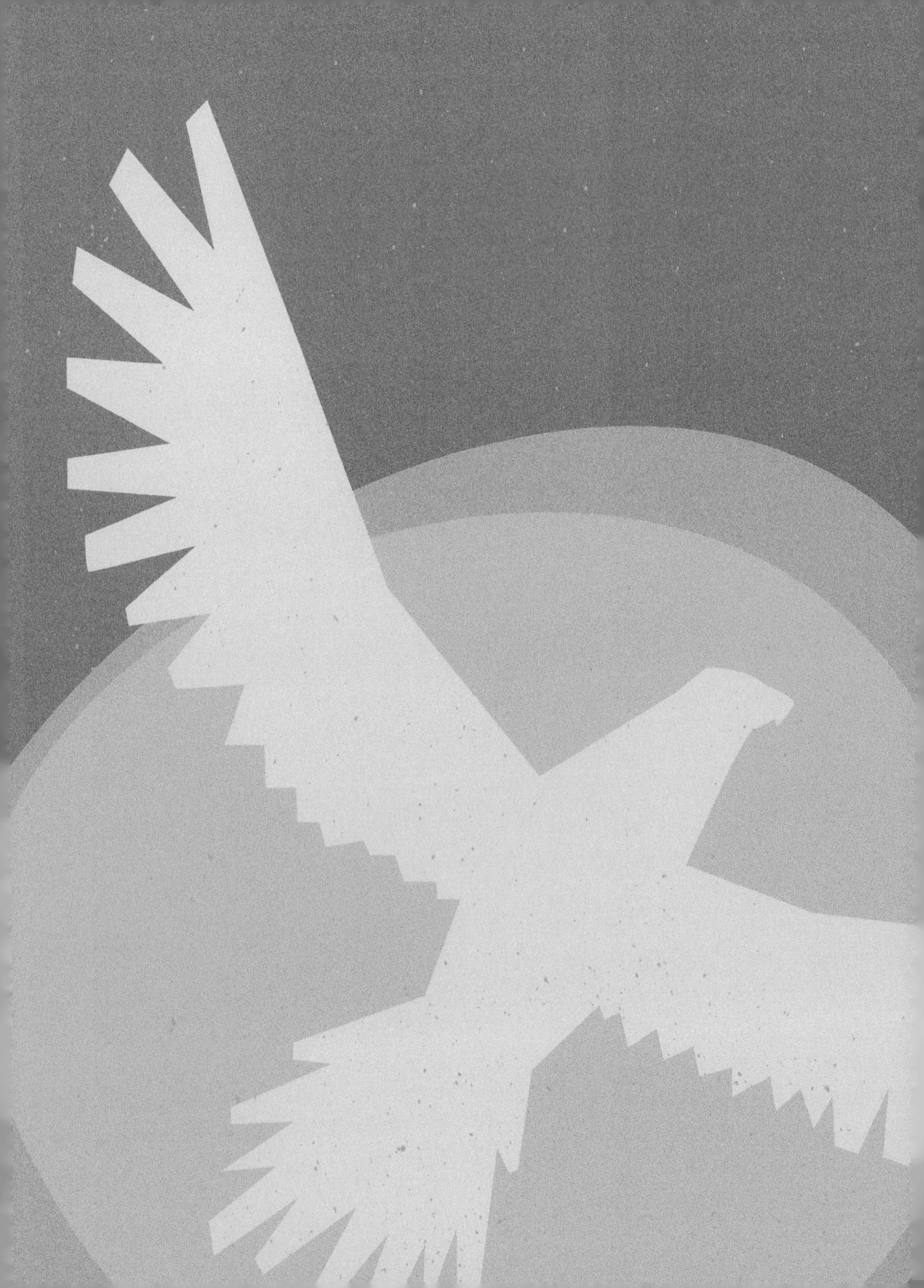

CAPÍTULO 6

SURY FOI PARA O
SEU CAFOFO.
MAS, BASTOU FECHAR OS SEUS OLHINHOS, E BLÉQUE A CHAMOU NA BEIRA DO
PENHASCO:

— SURY, OI, ESTÁ ME OUVINDO? QUERO FALAR COM VOCÊ.

A ÁGUIA PARECIA QUE
SONHAVA.
DE LONGE, TINHA UMA VOZ QUE A CHAMAVA
"ACORDA, ACORDA",
MAS ESTAVA MUITO CANSADA.

QUANDO, DE REPENTE:

73

74

— SOCORRO, SOCORRO, ME AJUDE! — BLÉQUE GRITAVA FINGIDAMENTE.

E SURY DESPERTOU
RAPIDINHO,
COLOCANDO-SE DE PRONTIDÃO
PARA ATENDER,
QUANDO OUVIU:

— VIU COMO FOI FÁCIL ACORDAR VOCÊ? BASTA ALGUÉM PRECISAR DE AJUDA E, PRONTO, VOCÊ ACORDA. POR ISSO ESTOU AQUI.

SURY FICOU
QUIETINHA,
OUVINDO O PÁSSARO
PRETO DIZER:

— POIS É, O QUE VOCÊ FEZ FOI MUITOOOOO GRANDIOSO. AJUDOU MUITOOOOOS ANIMAIS. VOCÊ PAROU PARA PENSAR?

— NÃO TIVE TEMPO NEM DE DESCANSAR.

— ENTÃO, TENHO UMA PROPOSTA PARA VOCÊ, TOPA?

— NEM SEI O QUE ESTÁ FALANDO, QUE PROPOSTA É ESSA?

77

— SEI QUE AS ÁGUIAS PENSAM RÁPIDO. ENQUANTO ESTOU FALANDO, VOCÊ JÁ ESTÁ LÁ NA FRENTE. É OU NÃO É? MODÉSTIA À PARTE, EU TAMBÉM NÃO FICO ATRÁS EM QUESTÃO DE ESPERTEZA.

BLÉQUE MOSTRA
AS ASINHAS
MAGRINHAS, AS POUCAS PENINHAS, AS PERNINHAS FRAQUINHAS,
MAS ELE É ESPERTO.
AH, ISSO ELE É.

— É, DISSE A ÁGUIA, TAMBÉM ACHO.

— POIS ENTÃO.

— FALE, QUAL É A PROPOSTA?

— VAMOS CHAMAR O PORQUINHO E,
EU, É CLARO. VAMOS!

— CHEGA, JÁ SEI. VOU ATRÁS DELE.

— NÃO DISSE QUE VOCÊ É
ESPERTA E RÁPIDA?

SURY REUNIU TODOS
E FOI LOGO
DIZENDO:

— A PARTIR DE AGORA, VAMOS AJUDAR TODOS OS ANIMAIS QUE PRECISAREM, PODE SER DE TRISTEZA, DE DOENÇA, DE MEDO, DE SAUDADE ETC.

— EU QUERO AJUDAR — DIZ O PORQUINHO.

— EU TAMBÉM — DIZ O PÁSSARO PRETO.

— VAMOS AJUDAR COM UNIÃO E COM AMOR — DISSE SURY.

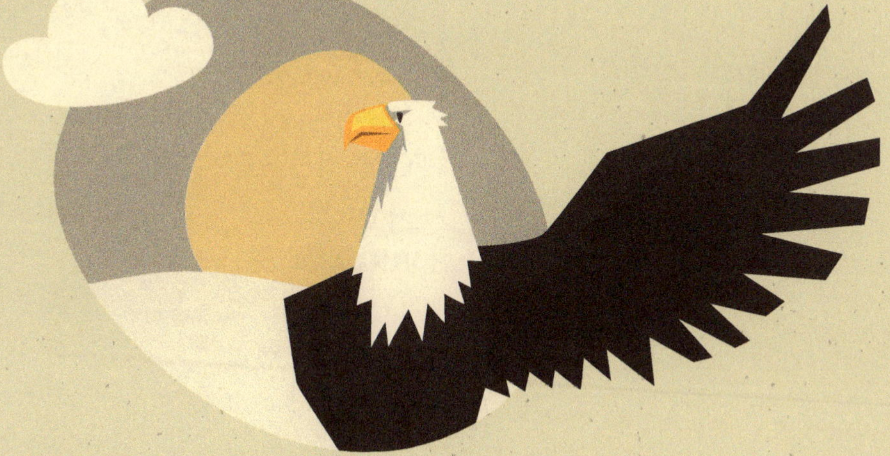

SURY JUNTA AS ASAS
COM AS PATAS DO PITOCO,
QUE POR SUA VEZ JUNTOU COM
AS ASAS DO BLÉQUE, E DIZ:

— VAMOS NOS AJUDAR! ANTES, VOU DESCANSAR PARA COLOCAR MEUS OVOS E DEPOIS ENSINAR MEUS FILHOTES A FAZEREM O BEM E A RESPEITAREM O PRÓXIMO.

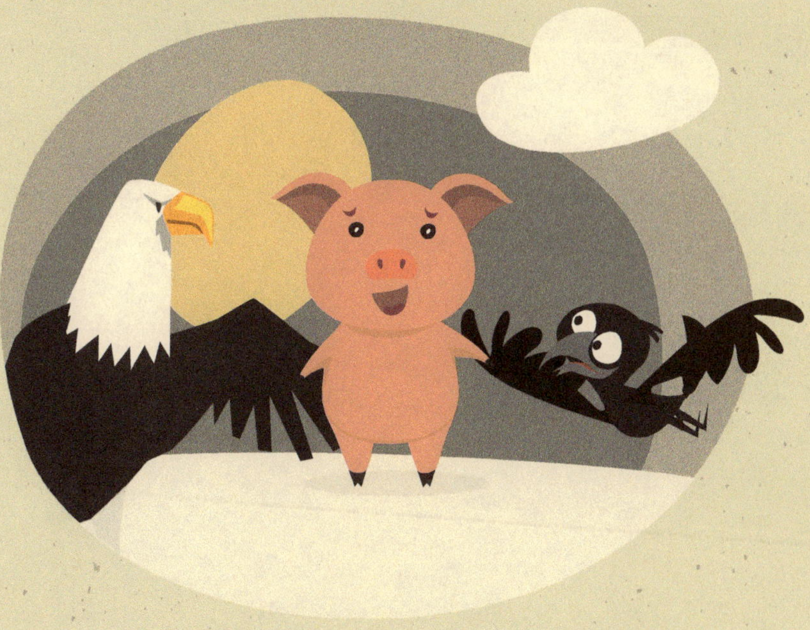